DICHTERWETTSTREIT *deluxe*

Über den Autor

Adrian „Credo" Scholz ist Kabarettist, Poetry
Slammer und genau wie seine Geschichten: norddeutsch, klar, ehrlich, mal lustig, mal berührend,
mal traurig, aber immer mit Substanz.
Mehr unter: www.adriancredoscholz.de

Adrian „Credo" Scholz

EMOTIONEN

Poetry & Satire

DICHTERWETTSTREIT *deluxe*

ISBN: 978-3-98809-019-5
ISBN E-Book: 978-3-98809-020-1

www.dichterwettstreit-deluxe.de

Inhalt

EMOTIONEN

Intro

Liebe Leserinnen und Leser,
das Wichtigste ist geschafft! Sie lesen dieses Buch!
Sie lassen sich ein auf die Gedanken eines nigelnagelneuen Künstlers.
Ich finde das gut.
Mit diesem Buch lade ich Sie ein, mich auf eine Achterbahnfahrt der Gefühle zu begleiten, wie sie nur das wirkliche Leben schreibt: Aus der Perspektive eines Sandkuchenbäckermeisters blicke ich zurück auf eine Fülle von Ereignissen und Erlebnissen, die mein bisheriges Leben prägten. Norddeutsch, klar und ehrlich betrachte ich alles, was einem das Leben entgegenwirft. Freude, Trauer, Mut, und die allgegenwärtige Frage nach dem Sinn und Unsinn des Lebens. Diesen Themen widme ich mich in kurzen Texten, wie sie beim Poetry Slam, der mich seit 2015 auf die Bühnen im norddeutschen Raum zog, üblich sind.
Jetzt brechen für mich neue Zeiten mit neuen Herausforderungen an. Ich präsentiere voller Stolz mein erstes abendfüllendes Solo-Bühnenprogramm!
Und Sie kommen bereits hier in den Genuss aller Texte, die darin enthalten sind.
Ihr Adrian „Credo" Scholz

Unser Norden

Fernab von all den lästigen Bergen und Hügeln, da
liegt unser geliebtes Flachland, unser Norden.
Manchmal ist es gut versteckt - unter Tausenden
von dunklen Wolken ist es stets verborgen.
Da leben wir: als Fischköppe oder Nordlichter sind
wir bekannt.
Wer neu zu uns kommt, braucht nicht mit Wangen-
küsschen rechnen, der kriegt mit festem Druck die
Hand.

Das ist bei uns ganz normal, genauso wie die Tatsache, wer mit 30 noch nicht verheiratet ist, der
muss fegen als Mann, Klinken putzen als Frau.
Typisch ist auch die breitgefächerte Abwechslung
unserer Himmelsfarbe: sie wechselt ständig zwischen hellgrau, mausgrau und dunkelgrau.
Und typisch ist, dass wir uns nicht unbedingt Wörter über Wörter entgegenschicken.
Wir sind die Meister des Nonverbalen, zur Kommunikation reicht uns ein Nicken.

Tjaja. Wir sind halt keine Redenschwinger, manch
Fremder nennt uns karg.
Wir brauchen keine Abwechslung in Form von
„Guten Morgen", „Guten Abend" oder „Guten
Tag".
Für das alles gibt es nur das Wort „Moin", das hier
jeder kennt,
doch wer „Moin, moin" sagt, ist der, den man bei
uns schon Quasselstrippe nennt.

Wir reden nicht, wir klönen oder schnacken,
unser Motto ist: „Nicht lang schnacken, Kopp in
Nacken".
Wenn wir etwas nicht verstehen, fragen wir nicht
„Wie bitte?" oder „Was hast du gesagt?", wir fragen
„Wat?".
Um uns vom Rest abzuheben - oder einfach, weil
wir strunzevoll sind - reden wir platt.

„Wat mutt, dat mutt" und „Denn man tau!" sind
Redewendungen, mit denen wir uns wie ganz
selbstverständlich artikulieren.
Sagen wir sowas wie „Döspaddel" oder „Töffel",
dann weiß jeder um uns herum, wir sind gerade
richtig am Explodieren.
Und zählen wir uns im Norden zu den richtig,
richtig Harten,
dann beleidigen wir mit Aussagen wie „Du Feudel"
oder „Du Spaten!".

Wir sind wortgewandt, in keiner Kommunikation
bleiben wir blass.
Wenn ein Gespräch kurz verstummt, retten wir es,
indem wir sagen: „Jaja, so ist das!"
Und brabbelt uns jemand voll und wir haben keine
Lust zuzuhören, oder es zu verstehen,
kann man mit einem „Besser is das" stets einen
passenden Kommentar vornehmen.

Wir sind im Norden den Regen gewohnt und den
Sturm. Ja, man sieht Leute manchmal regelrecht an
den Fenstern vorbeiwehen.

Was für uns dann den einzig plausiblen Schluss
zulässt: Heute ist genau das richtige Wetter, um an
den Strand zu gehen.
Dieses Rumgeflenne der Touristen von wegen
mimimi „Ist zu kalt, zu nass, zu windig“,
belächeln wir stets.
Bei uns heißt das nur: Kapuze auf, los geht's!

Wenn ein Orkan angekündigt wird, Sturmwarnun-
gen vorherrschen, alle am Sorgen machen sind,
dann reagieren wir ganz gelassen und sagen: „Och,
dat büschn Wind!“
Wenn der Sommer kommt, freuen sich alle - pure
Extase,
auch die Norddeutschen sprühen dann regelrecht
vor Emotionen und sagen: „Joa, jetzt ist 'n bisschen
wärmer, ne!“

Im Norden sind wir Genießer. Was geht schon
über eine Friesentorte oder lecker Labskaus,
'nen Schietwedder-Tag hält sich mit einem friesi-
schen Tee mit Kluntjes und Sahne gleich viel besser
aus.
Dat Fischbrötchen ist unser Burger: zum Teilen zu
schade. Das genießen wir ganz allein.
Das klappt auch meistens, außer Möwen sollten in
unserer Nähe sein.

Kocht jemand für uns, mit viel Gemüse, viel Wür-
ze, und leckeren Delikatessen,
dann ist es das höchste Lob, wenn jemand im Norden dazu sagt: „Jo, kann man essen!“.

Wir können aber auch romantisch, bei uns ist es
nur so, dass man kein Rumsäuseln kennt.
Ein Satz wie „Du bist mir schon ganz sympa-
thisch" ist das, was man bei uns Liebeserklärung
nennt.

Wir haben im Norden den Strand, das Meer, die
gute Luft. Es lässt sich hier genießen, gar genesen,
bei jedem Strandausflug sammeln wir Muscheln
und tun wir's nicht, ist für andere klar: Die sind gar
nicht da gewesen.
Bei Festivals wie Wacken oder Deichbrand, da
kriegt man bei uns riiiichtig was aufs Ohr.
Das ist schon ziemlich geil, aber nichts rockt die
Bühne so krass, wie der ortsansässige Shanty-Chor!

Im Fernsehen fragt man sich, wer wird uns wohl
als nächster Superstar oder nächstes Topmodel erscheinen?
Das ist uns schietegal. Bei uns im Norden ist viel
wichtiger, wer wird der nächste Kohlkönig sein.
Hierfür der Tipp: Kommst du von außerhalb und
hast das Ziel ganz schnell mit den Norddeutschen
verfeindet zu sein,
organisier doch mal eine Grünkohltour ohne alko-
holische Getränke und ohne Wein.

Zu den Highlights an Aktivitäten zählt es im Norden auch, eine Wattwanderung zu machen. Es wird
sich mit Freunden zum Boßeln oder zum Nordder-
by getroffen,

und natürlich zum Schützenfest mit dem ewig gleichen Ablauf: Um 19 Uhr geht's los, um 19.30 Uhr sind alle besoffen.
Für Karneval hingegen ist der Norden nicht bekannt, keiner kommt dafür extra zu uns gefahren.
In Köln heißt es „Alaaf", in Düsseldorf „Helau", im Norden: „Wat soll der Tüdelkram?".

Bei uns im Norden wird genauso viel gesagt, wie in anderen von Deutschlands Orten,
nur gelingt es uns eben mit viel weniger Worten.
Letztlich, da spreche ich denke ich für alle, tragen wir unser Herz am rechten Fleck.
Wer einmal hier gelebt hat, kann hoffentlich verstehen, wenn ich sage: Ich habe hier immer gern gelebt - und will hier auch nicht mehr weg!

Kindheit

Ich habe geschaukelt, war Meister im Gummitwist,
habe Sandburgen gebaut,
war jeden Tag was anderes, Indianer, Detektiv
oder Astronaut.
Ich hatte Glück,
war weitestgehend frei von Sorgen,
es zählte nur das Heute, maximal das Morgen!

Überhaupt war alles was ich machte,
so wunderbar!
Mit einem Bäuerchen oder festem Stuhlgang war
ich ein wahrer Star!
Zu begeistern, das fiel wirklich gar nicht schwer.
Heute begeistert das leider keinen mehr.

Ich wollte „der Große" sein und probierte alles
aus!
Eine Stunde später saßen wir mit einem gebroche-
nen Fuß im Krankenhaus.
Ich brauchte doch keine Hilfe! Konnte alles allein!
Ein Arm im Pullover, die Sonnenbrille falschrum
und Entenfüße, das musste schließlich so sein!

Zum Muttertag habe ich die schönsten Blumen aus
dem Beet gepflückt und ein Bild überreicht!
Meine Mutter war dankbar, auch wenn sie wusste,
dass ihr Beet nun einem Schlachtfeld gleicht!
„Du hast aber ein süßes Schweinchen gemalt!",
kam im Nu.
Ich war erstaunt: „Nee Mama, das bist doch du!"

Ich habe geglaubt, dass, wenn ich mein Mittag-
essen aufesse,
kann ich jegliches Schietwetter vertreiben,
und wenn ich schiele,
dass meine Augen so stehen bleiben.
Mein Vater sagte: „Die hat Haare auf den
Zähnen!"
Da vermutete ich gleich einen Mund voller
Strähnen.

5 Mark war mein erstes Taschengeld,
für mich fühlte es sich an, als wäre ich der Reichste
der ganzen Welt.
Hab lange überlegt was ich damit mache, sollte
sich ja lohnen!
Ganz klar: Süßigkeiten waren die einzigen sinn-
vollen Investitionen!

In der Zukunft, daran ging kein Weg vorbei, werde
ich reich!
Lebe in einer Villa, natürlich mit Swimmingpool,
einem eigenen Süßwarenladen, Spielplatz und
Teich.
Welches Auto ich fahr? Natürlich einen Ferrari
oder ein Cabriolet!
Daran denke ich heute manchmal noch, wenn ich
mit meinem Fiat Punto an der Ampel steh!

Kinder kriegt man dann, wenn der Storch eines
Tages auf dem Dach erscheint.
Ich hatte noch nie einen gesehen, damit war ich
dann wohl nicht gemeint.

Im Sexualkundeunterricht kriegte ich dann ein
anderes Bild.
Glauben Sie mir: Eltern sind ganz schön wild!

Für meine Eltern war ich immer das tollste Kind,
muss ja auch so sein, man ist verbunden.
Selbst als vorne alle Milchzähne fehlten und ich ein
Augenpflaster drauf hatte, haben sie mich noch als
„das" hübscheste Kind empfunden.

Heute ist vieles anders geworden,
aber jene Momente, die die Kindheit prägten,
sie bleiben in uns drin, behütet und geborgen.

Kinder vom Dorf

Wir Kinder vom Dorf kennen diese immerwähren-
de Ruhe und Idylle,
wir kennen diesen unvergleichlichen Duft von
frisch gemähtem Gras, dem Frühling - und Gülle.
Wenn wir in unserem Auto plötzlich den Duft
nach Tierexkrementen vernehmen, wissen wir, wir
sind bald da,
und fragen uns jedes Mal, ob der Duft wirklich
vom Güllefahren ausgeht oder nicht doch jemand
IM Auto der Auslöser dafür war.

Wir können jedem den Unterschied von Stroh und
Heu benennen,
genauso wie wir auch die unterschiedlichen
Treckermarken kennen.
Für die wenigsten kommt es in Frage, Geld für
den Zoo auszugeben, um Tiere zu sehen,
sehen wir sie doch auf Wiesen, im Garten oder
müssen nur drei Minuten bis zum nächsten
Bauernhof gehen.

Die Einwohner unseres Zuhauses zu zählen macht
keine nennenswerte Mühe,
es ist immer eine Zahl von 0 bis 1000, hinzukom-
men kommen um die 3000 Kühe.
Im Dorf da ist jeder mit jedem stets per Du, Spitz-
namen sind allen bekannt, das ist eben so,
jeder kennt die Ina aus der Kneipe und jeder den
dauervollen Heiko.

Jedes neu gekaufte Auto wird von den Nachbarn
zum Thema gemacht.
Geht eine Beziehung auseinander, werden sofort
Spekulationen entfacht.
Zieht jemand neues her, versuchen sofort alle
seinen Charakter einzustufen,
und wer nicht grüßt, bei dem wird beim Eintreten
von zu lauter Musik die Polizei gerufen.

Um sich zu integrieren, ist das Grüßen jeder-
manns, ob du ihn kennst oder nicht, gang und
gäbe.
Das muss, damit ja keiner der Nachbarn schlecht
über einen rede.
Das gehört sich eben so, man soll ja schließlich
höflich sein,
dann packen die Nachbarn für die Konfirmation
auch mehr Scheinchen rein.

Bei jedem Bäcker, jedem Friseur und in jeder
Apotheke arbeitet wer, den man kennt.
Selbst der Busfahrer ist jemand, den man stets bei
seinem Vornamen nennt.
Wir kennen unser Dorf in und auswendig, sind an
Eindrücken satt.
Fragt uns jemand, wo wir wohnen und wir sagen
es, kommt immer „Kenn ich nisch" und wir nen-
nen dann die nächstgrößere Stadt.

Wir fühlen uns in unserem Dorf sicher: Wenn es
brennt, kommt immer schnell jemand her,

schließlich ist in der Nachbarschaft jeder zweite in
der freiwilligen Feuerwehr.
Wer da nicht ist, der ist entweder im örtlichen
Fußball-, Schieß- oder Kegelverein,
ist man es nicht, kann das Dorfleben mächtig
einsam sein.

In Gesellschaft kann man im Dorf nicht so viel
machen, aber durchaus im Rahmen des Kinder-
gottesdienstes beten,
und später dann als Jugendlicher die Laternen in
unseren Straßen austreten.
Wobei, hierfür muss man gut organisiert sein, das
Dorfleben kennen,
weil die Laternen im Dorf nicht länger als bis 23
Uhr brennen.

Gerade als Kind konnten wir alle schon Beschäfti-
gungen finden,
die Natur und all ihre Wetterlaunen stets an uns
binden.
Höhlen bauen oder Schiffe aus Papier auf den
Bächen schwimmen lassen,
in der Clique den Entschluss des Baus einer
gruppeneigenen Höhle fassen,
oder Kaulquappen fangen und ins Glas sperren,
nichts davon ist uns fremd,
unsere Backen waren stets rot gefärbt, Grasflecken
zierten unser Hemd.

Wir haben Kastanienmännchen gebaut und wie
Mama die findet, wollten wir dann wissen,

und sie sagte „Oh wie schön" und hat sie zwei
Tage später in die Mülltonne geschmissen.
Wir haben Gänseblümchen gepflückt und beim
Auseinanderrupfen „Sie liebt mich, Sie liebt mich
nicht" gesagt,
und uns getreu dem Motto „Dreck reinigt den
Magen", heruntergefallene Dinge aufzuheben und
dennoch zu essen gewagt.

Nicht selten, dass uns das Freizeitangebot, das uns
unser Dorf beschert, ausreichend war,
wir brauchten kein Schwimmbad, weil wir unseren
See hatten, mit dem Schild „Betreten auf eigene
Gefahr".
In Kindertagen war es das Größte, auf dem
Schlitten an einen Trecker festgebunden zu sein,
oder wir pfiffen uns beim Nachbarn herunter-
gefallene Äpfel oder von Feldern entnommene
Maiskolben rein.

Bei uns allen klebte das Kletten-Labkraut schon
mal an unseren Jacken,
wir alle fanden es sehr unterhaltsam, legten wir
unseren Freunden Hagebutten in den Nacken.
Das brannte so schön unangenehm, wie es nur war,
wenn wir mal in Brennnesseln fielen,
oder uns am Schilf schnitten, wollten wir mal
Fechten spielen.

Wir wissen noch heute, wo die besten Bäume zum
Klettern stehen,

können sofort den Unterschied zwischen Eiche,
Buche und Erle ersehen.
Auch wenn wir Erwachsene sind, faszinieren uns
Pusteblumen wie einst,
und Mama freut sich auch heute noch, wenn
du mit einem selbstgepflückten Blumenstrauß
erscheinst.

Um als Jugendlicher etwas zu erleben, bedarf es
auf dem Dorf bester Organisation,
denn sonst könnten Vorhaben schnell mal zu
scheitern drohen.
Der Bus ist eine Möglichkeit, wer ihn denn nutzen
mag,
die Busfahrzeiten leicht zu merken, denn er fährt
nur zweimal am Tag.

Zu empfehlen ist es, wenn man weg möchte,
einen Fahrer festzulegen,
denn ist man auf den Zug angewiesen, muss man
sich schon um 22.30 Uhr wieder nach Hause be-
geben.
Ein Spontanausflug ins Kino oder zum Shoppen
heißt, dass man mit seinem Auto 50 Minuten auf
den Straßen verkehrt,
wobei man die Hälfte der Zeit statt erlaubten
100 km/h nur 50 nutzt, weil ein Trecker vor einem
fährt.

Hat man keinen Fahrer, dann heißt es: nach Hause
radeln oder laufen.

Damit das gelingt, sollte also vorher gut überlegt
sein, wie viel lässt sich am Abend saufen.
Und doch ist uns ein Dorffest auf jeden Fall lieber
als irgendeine Schickimicki-Disco in der Stadt.
Unser Heimweg ist danach so lang, dass man
seinen Alkoholpegel vorm Ankommen bereits verloren hat.

Viele Events gibt es auf dem Dorf nicht unbedingt
zu sehen.
Einmal im Jahr mit den Kumpels kann man am
Top-Event Osterfeuer teilnehmen!
Oder aber das Schützenfest, wobei es die heimliche
Regel gibt, dass ja keiner beim Öffnen des Biers
das Wort Flaschenöffner erwähne.
Das wird hier mit dem Feuerzeug gemacht… oder
man nutzt dafür seine Zähne.

Es steht außer Frage, auch wir vom Dorf können
mächtig feiern,
es wird bei uns stets 'n Bier gesoffen, unser Sauf-
spiel heißt Meiern.
Am nächsten Morgen wird unsere Aufstehzeit
dann stets durch andere festgelegt.
Ausschlafen können wir vergessen, weil unser
Nachbar um 7 Uhr die Laubmaschine betätigt oder
den Rasen mäht.

Wir haben im Dorf feste Plätze, wie die Bushalte-
stelle oder den Spielplatz, an denen täglich Cliquen
lungern,

da wir nur einen Supermarkt haben, müssen jene,
die Hausverbot erhalten, elendig verhungern.
Schwierig kann es werden, wenn einem etwas
spontan in den Kopf schießt,
weil der Supermarkt bereits abends um Punkt 20
Uhr schließt.

Den Wunsch essen zu gehen sollten wir nicht unbedingt nach 22 Uhr haben,
da schließt sowohl unser Imbiss als auch unser
Dönerladen.
Kulinarische Besonderheiten kriegen wir in unserem Dorf ohnehin nicht zu riechen,
gehen wir essen, dann beim immer gleichen ollen,
muffigen Griechen.

Ohne auch nur ein Wort zu verlieren, wird vom
Kellner bereits unser Essen erraten.
Er ist sich so sicher, der bringt uns manchmal
nicht mal mehr unsere Karten.
Doch sind wir froh, dass man hier wenigstens
einigermaßen leckeres Essen kriegt,
sonst müssten wir wieder den ekligen Lieferservice
nutzen, einfach weil es nur diesen einen gibt.

Die Lokalitäten sind gering, doch ist vielen allein
aufgrund der geringen Mieten ein Wohnen auf
dem Land recht.
Dafür wird dann auch in Kauf genommen,
dass der Handyempfang stets schwankt zwischen
miserabel und schlecht.

Doch jeder weiß, der im Dorf lebt, welches diese
eine Straße ist, wo der Empfang am schlechtesten
ist,
DU bist das Opferkind, wenn du Einwohner dieser
Straße bist.

Um zu entfliehen fahren wir dann doch mal in den
Urlaub, wobei einige von uns können das Nach-
hausekommen kaum erwarten,
sehnen sie sich doch nach dem Blumengießen und
dem Unkrautziehen im Garten,
denn wer im Dorf zu Hause ist, der hängt schon an
dem, was ihn umgibt.
Das Dorf, egal wie klein und hässlich es ist, wird
doch irgendwie geliebt.

Denn: Das Dorfleben hat seine ganz eigene Atmo-
sphäre, seinen eigenen Stil.
Wer es nie erlebt hat, den schreckt es vielleicht ab,
oder er hält davon nicht viel.
Wir aber, wir Dorfkinder, die stets die Möglichkeit
hatten, uns in unserem Dorf zu entfalten,
wir werden das Leben hier mit all seinen Tücken
für immer in unserem Herzen behalten.

Pubertät

Der Körper verändert sich, plötzlich beginnt der
Alkoholkonsum, einige werden psychisch labil,
und bei den Kindern, da passiert ja auch ganz viel!
Der Körper spielt ihnen einen Streich nach dem
anderen, Pickel sprießen überall, wirken wie ein-
gebrannt,
wer vorher noch ansehnlich war, wird von den
Freunden nur noch Clearasil - Testgelände
genannt.

Die Jungs sagen irgendwann das letzte Mal „Hallo
Papsi", weil der gute Draht zum Vater dahingeht.
Dem Stimmbruch sei Dank heißt es bald nur noch
„Hallo Dad" und wenig später „Hey Alter, was
geht?".
Und dieser Wachstumsschub -um dem gerecht zu
werden, kaufen die Mütter die Klamotten für ihre
Jungs einfach gleich immer drei Nummern zu groß
ein,
mit der ewig gleichen Begründung: „Ach, da
wächst du schon noch irgendwann rein!"

Plötzlich werden Idole angehimmelt, egal was
sie sagen oder machen, alles mag ja so perfekt
erscheinen,
während bei allem, was die Eltern tun, das Fazit
immer das gleiche ist: „Oh Mama und Papa, ihr
könnt so peinlich sein."

Kontakt ist nun nicht mehr erwünscht, nun
möchte der Jugendliche plötzlich immer öfter
alleine sein,
was Mama natürlich versteht, aber ignoriert. Sie
platzt trotzdem 10-mal hintereinander mit der
Wäsche rein.

Als Kleinkinder haben sie die ganze Zeit gebrab-
belt, zuhören war angesagt, keine Wahl.
Nun sind es nur noch drei Sachen, die sie sagen:
„Keine Ahnung", „Weiß nich"' und „Mir egal",
mit Gesichtsausdrücken, die sieht man sonst nur in
Horrorfilmen wie Saw,
und das häufigste, was sie von sich geben ist:
„Ohhhhh."

Die Mädchen entdecken nun den Lidstrich,
Lippenstift, Rouge, Nagellack, Schminke überall.
So gehen sie dann wirklich vor die Tür, während
sich die Leute denken: „Ja, ist denn schon wieder
Karneval?"
Die Haare werden gefärbt, sie grün-rot zu färben
empfinden sie als gute Idee, tragen dazu figurbe-
tonte Sachen.
Das übermäßige Schwitzen beginnt, statt mit
einem „Guten Morgen" beginnt der Lehrer nun
stets mit den Worten „Kann jemand ein Fenster
aufmachen?".

Zu Hause warten Konflikte über Konflikte. Hier,
wo miese Launen stets an der Tagesordnung sind,

es ist die schlechteste Zeit, um den Partner zu
fragen: „Du, wollen wir eigentlich noch ein Kind?“
In dieser Zeit, wo sich Eltern immer nur sagen
„Egal was du machst, pass nur auf, dass du diesen
einen Satz nicht fällst!“.
Doch irgendwann passiert es und man sagt: „Solange du deine Füße unter meinen Tisch stellst!“

Früher lange überlegt, wie kriegt man die Kinder
zum Duschen? Dauernd abgewägt,
wenn gar nichts mehr ging eine Spur mit Schoko-
bons Richtung Badezimmer gelegt.
Heute sieht man nun die Eltern dauernd vor ver-
schlossener Türe stehen,
weil die Kinder nun zweimal am Tag FREIWIL-
LIG duschen gehen.

Die Kinder, sie sind nun so anders. Wenn sich
jemand küsste, sagten sie früher nur: „Ihhh!!“
Plötzlich stehen junge Paare auf dem Schulhof ver-
teilt und küssen sich, als taten sie was anderes nie.
Die besonders weiten unter den Teenies sind die,
die riesengroße Knutschflecke verwalten,
und wer keine Freundin findet, hat manchmal
auch welche, da wird der Staubsauger an den Hals
gehalten.

Mama wird nicht mehr losgeschickt, um für den
Geburtstag lustige Girlanden und Benjamin Blüm-
chen Torte zu kaufen.
Der Wunsch der Teenies ist nur: Egal wo und wie,
Hauptsache irgendwas mit Saufen.

Als Eltern holt man nun immer öfters das Kind
von Partys ab, während man denkt: „Würde mein
Kind ein Instrument lernen, sich für Politik interessieren oder Hausaufgaben machen, das wäre
toll!"
Und dann steigt das Kind in das Auto und sagt:
„Boah, bin ich schon wieder voll!"

Für die Väter wird es nun besonders ernst, so
lange die Angst, der Tag wird kommen, an dem
die kleine Prinzessin den ersten Freund mit nach
Hause bringt,
und hatten sie sich immer den gutaussehenden und
aus gutem Hause stammenden gewünscht, ist es
plötzlich der volltätowierte Rambo Ramon Reiner,
der ihnen entgegen winkt.

Trotzdem wird ihm eine Chance gegeben, man
lässt sich auf ein Gespräch ein,
auf die Frage, was er beruflich werden möchte,
antwortet er: „Ich möchte Gangster Rapper sein!"
Und dann guckt man in die Augen der Tochter, die
mittlerweile blaue Haare hat und dasitzt, so glücklich und zufrieden,
und denkt sich nur: „Oh liebe Tochter, was muss
ich dich lieben!"

Was in solchen und vielen anderen Situationen
hilft, ist das Wissen, irgendwann wird die Pubertät
zu Ende sein,

und bis dahin heißt es, sie auszuhalten, die Streitig-
keiten, die Stimmungsschwankungen und Zicke-
reien.
Und soooo lange zieht sich so eine Pubertät zum
Glück ja nicht hin!
Wobei meine Mama sagt, dass ICH noch heute mit
meinen 34 Jahren drin bin.

Die 90er

In den 90ern, da schauten wir den Beginn von
GZSZ und Jo Gerner,
oder auch Trash-Talk mit Ricky, Arabella und
Johannes B. Kerner,
fieberten mit bei Medicopter 117 und Dr. Stefan
Frank,
und wir waren dabei, als im Kino die Titanic sank.

Wir quizzten mit bei Der Preis ist heiß und Geh
aufs Ganze,
wollten dabei sein, beim Kinderquatsch mit
Michael Schanze,
hätten uns am liebsten zu Commander David in
den Super Toy Club beamen lassen,
und versuchten, keine Folge von Löwenzahn mit
Peter Lustig zu verpassen.

Bei den Dinos begeisterte uns das Baby mit „Nicht
die Mama, nicht die Mama",
und dass welche im Fernsehen 100 Tausend Mark
gewannen, war für uns der Hammer.
Dass der kleine Vampir und Karlsson vom Dach
fliegen konnten, imponierte uns sehr,
und wir genossen unsere Zeit mit Bimbambino
und dem Lilalaunebär.

Der Satz „E.T. nach Hause telefonieren" wurde zu
einem der bekanntesten Zitate erkoren,
und wir wurden Zeuge, wie die Argentinier im
WM-Finale gegen Deutschland verloren.

In diesem Jahrzehnt, in dem uns die Scream-Reihe
noch zum Gruseln brachte,
und bei König der Löwen nach Mufasas Tod erst
mal keiner mehr lachte.

Damals, als Robin Williams' Darbietungen in
Mrs. Doubtfire und Flubber unsere Lachmuskeln
nährten,
und uns Akte X und X Faktor - Das Unfassbare
zum ersten Mal das Fürchten lehrten.
Als wir uns einig waren: Wir finden Mr. Bean,
Steve Urkel und Al Bundy einfach toll,
und wir nur die eine Sorge hatten: Kriegen wir
jemals unser Stickeralbum voll?

In den 90ern ließen wir uns von Chupa Chups die
Zunge färben,
dachten beim Kauen von Center Shocks, wir
müssten sterben.
Am Kiosk bekamen wir noch Süßigkeiten für
wenig Geld,
wir fühlten uns mit nur 1 Mark geradezu wie ein
Held.

Wir fühlten uns cool mit unseren Kaugummi-
zigaretten,
hatte jemand einen Frufoo, wünschten wir, dass
wir auch einen hätten.
Unsere Packung mit Leckmuscheln war sekunden-
schnell leer.
Aus dem Eisfach nahmen wir uns ein Clown-Eis,
Tschisi oder Brauner Bär.

Aus dem Kaugummiautomat wünschten wir uns
immer das Taschenmesser.
Wenn wir es hatten, wussten wir, ein Kaugummi
ist irgendwie doch besser.
Aus unserem Pushpop, da ist immer der Sabber
rausgelaufen,
trotzdem war für uns klar, dass wir uns wieder
einen kaufen.

Wir liebten es, täglich einen Happy Hippo Snack
zu naschen,
fragten uns bei jedem Pullover: „Ist der neu oder
mit Perwoll gewaschen?“.
Für uns war damals ganz klar: DEA, hier tanken
wir auf,
und die Schneekoppe-Werbung ertönte damals
noch zu Hauf.

Unsere Freizeit verbrachten wir in den 90ern mit
Kugellager-Jojos.
In unseren Schulpausen widmeten wir uns täglich
unseren Gogos.
Manche von uns tauschten auch regelmäßig ihre
Diddl-Blätter.
Die mit einem Tamagotchi, die waren damals die
Trendsetter.

Wir waren die Coolsten, waren unsere Schuhe zu
blinken in der Lage,
doch waren wir das leider maximal nur drei Tage,
verließ uns dann doch schon die Funktion der
Leuchtdioden,

und schritten wir nun wieder wie jeder andere über
den Boden.

Bei McDonald's bestellten wir „Junior Tüte" statt
„Happy Meal",
versuchten uns am Super Nintendo oder Gameboy
an einem Videospiel,
ließen uns auf Zelda, Super Mario und Donkey
Kong ein.
Wenn es nicht funktionierte, pusteten wir in das
Spiel hinein.

Wir brauchten keine Konsolen, bei denen wir uns
bewegen,
nein, bereits ein Videorekorder war für uns schon
ein Segen.
Dass er Showview hatte war das, was für uns
zählte,
auch wenn vom aufgenommenen Film meist das
Ende fehlte.

In den 90ern sangen wir „Bamboleo" und „Blue,
daba di daba dei",
und wir waren sogar bei den Konzerten der Kelly
Family dabei.
Die Trennung von Take That war vielen von uns
nicht egal,
genauso wenig wie die News rund um den Milli
Vanilli Skandal.

Wir merkten wie weh der Verlust von Freddie
Mercury, Kurt Cobain und Falco tut,
und gedachten ihnen beim Trinken einer Fanta
Grapefruit.
Wir sangen und tanzten zu Blümchen, Tic Tac Toe
und Oli P.
Ihre Musik tat uns damals noch nicht in den Ohren
weh.

Um überhaupt kostenlos an unsere Lieblingslieder
ranzukommen,
haben wir damals noch eigenständig Kassetten
aufgenommen,
und waren stinkig, hatte der Moderator in das Lied
rein geschwatzt,
oder ein Toilettengang uns den rechtzeitigen
Einsatz verpatzt.

Unsere Lieder mit MP3-Playern zu hören, daran
hat noch keiner gedacht.
Für uns zählte nur: Hatten unsere Eltern uns endlich einen Discman mitgebracht?
Auch Windows 10 lag für uns damals noch gänz-
lich im Fernen.
WIR mussten erst mal den Umgang mit Windows
98 lernen!

Verlangte man in der Schule von uns ein Referat,
war noch keiner von uns mit PowerPoint am Start.
Microsoft Office 97 war damals der letzte Schrei,
nur leider war hier bei jeder Anwendung Karl
Klammer stets dabei.

Damals - als nicht das Smartphone, sondern der
Lamy-Füller unser Statussymbol war.
Wer einen silbernen hatte, der war für seine Mit-
schüler nicht weniger als ein Star.
Genauso wie der, der bei Mario Kart die Regen-
bogenstrecke bezwang,
oder dem das heimliche Schauen von „Wahre
Liebe" mit Lilo Wanders gelang.

Dieser Sendung gelang es, uns mehr oder weniger
aufzuklären,
aber auch von Dr. Sommer aus der Bravo konnten
wir viel lernen,
auch wenn für uns seine Tipps eigentlich kaum
von Bedeutung waren,
war es uns doch wichtiger, dass sie alle unsere
Freundschaftsbändchen sahen.

Statt eines Navis begleiteten unsere Reisen damals
noch Straßenkarten,
um Fotos aus dem Urlaub zu sehen, mussten wir
noch aufs Entwickeln warten,
um dann zu Hause zu merken, dass alle Bilder ab-
geschnitten und verwackelt sind,
merkten wir doch erst zu spät, dass irgendwas mit
dem Fotoapparat nicht stimmt.

Unsere Fahrten verbrachten wir damit, uns bei
jedem Twingo auf den Oberarm zu hauen,
oder im Vorbeifahren in jedem noch so kleinen
Dorf einen Schlecker zu bestaunen.

Wollten wir auswärts vielleicht einmal mit jeman-
dem telefonieren,
hofften wir drauf, dass die Telefonzellen nicht nur
Telefonkarten akzeptieren.

Unsere ersten Handys waren noch nicht gleich
kaputt, wenn sie auf den Boden fielen,
wir nutzten sie hauptsächlich, um in den Schulpausen eine Runde Snake zu spielen.
Es war noch nicht wichtig, welche Apps man hatte
und ob man Fotos machen kann,
der Akku unserer Handys von damals zeigt noch
heute 3 Balken an.

Damals, da hatten wir uns noch keinen Warenkorb
bei Amazon zusammengestellt.
Stattdessen haben wir uns lieber unsere Sachen aus
dem Quelle-Katalog bestellt.
Wir haben uns auch nicht in einem Kampf ums
beste Handy verloren,
sondern waren der Meinung: Wir waren fürs
Spielen draußen geboren!

Ja, wir haben am liebsten was auf Feldern erlebt,
haben noch nicht dauernd nach einem virtuellen
Dasein gestrebt.
Haben unsere 12. Geburtstage noch mit Robby
Bubble gefeiert,
und uns damals noch nicht an diesem Tag die
Alkopops rausgereiert.

Tja ja, die 90er - was für ein unvergessenes
Jahrzehnt.
Mit Momenten, nach denen man sich heute
manches Mal sehnt,
und ganz gleich, wie weit weg dieses Jahrzehnt
für die neuen Generationen bereits sei,
wir können voller Stolz sagen: Wir waren dabei!

Musikalische Reise in die 90er

Durch die Radios schallte in den 90ern „Knock knock knocking on heaven's door".
DJ Bobo erklärte uns: „Music is what I'm living for, hit the dancefloor like there ain't no more!"
Wir gröhlten „Nordisch, uh uh uhhh" und dabei ein gutes Gefühl zu haben fiel uns nicht schwer.
Wenn uns heute wer fragt, ob die 90er geil waren, ist unsere Antwort: „Yayaya Coco Jambo, yaya yeah!".

Wir sangen damals zu Halleluja und It's my life.
Unser Rhythmus war „The Rhythm of the Night".
Rhythm is a dancer, das wurde uns gelehrt!
Unsere Ohren haben sich stets vom Eurodance genährt.

Der hervorbrachte „Call him Mr. Raider call him Mr. Wrong",
davon bekamen wir 'nen Ohrwurm wie vom Rigga Ding Dong Song.
Wir schrien: „Hey yo Captain Jack, bring me back to the railroad track!"
Nur für die Fanta 4 gab es kein „Bring me back", da hieß es nur: Sie ist weg.

Und da war nun jemand allein, allein,
doch wer, ja wer, konnte sie denn überhaupt sein?
War es vielleicht „die da, die da am Eingang steht oder die da, die dir den Kopf verdreht?"

Ja war es „die da, die da, die da oder die da?"
War es vielleicht die so froh ein Mädchen zu sein
war?
War sie vielleicht nicht mehr als ein „Ice, ice baby",
oder doch eher unsere Cheri, cheri lady?

So viele Fragen. In den 90ern da war das eben so,
da fragten wir: „What is love?" und „Where do you
go?".
Selbst Fragen wie „Weinst du?" oder lediglich
„Warum???" kamen auf den Tisch.
Wir fragten uns sogar einmal: „How much is the
fish?"

Wir fragten: „Soll ich's wirklich machen oder lass
ich's lieber sein?"
Wussten wir nicht weiter, war das Motto: „Immer
mitten in die Fresse rein."
Oder „It's cool man", was uns Peter Steiner lehrte,
die coole Sau,
oder einfach nur: „Everybody dance now!"

Wir wussten, was wir wollten und wir konnten es
einfordern, das ist doch klar.
Dann sagten wir einfach: „I wanna, (ha) I wanna,
(ha), I wanna really, really, really wanna zigazig ah!"
Wir fanden uns so knorke, dass wir damit umgehen
konnten, hatten wir jemanden mal negativ über uns
reden gehört.
Dann gingen wir voller Selbstvertrauen zu ihm und
sagten nur: „I'm too sexy for my shirt!"

Alle waren damals positiv eingestellt. Unser Motto
war „Always look on the bright side of life"
und wir tanzten uns die Sorgen weg mit dem
Mambo No. 5.
Wir tanzten auch zu Cotton Eye Joe, Somewhere
over the rainbow oder auch Leeeeena,
und hatten den beschämendsten Moment unserer
Kindheit, tanzten unsere Eltern auf irgendeiner
Feier den Macarena.

Wir machten alles mit, zu uns kam sogar „Kurt,
ohne Helm und ohne Gurt, einfach Kurt".
Bei den Worten „Katzeklo, ja das macht die Katze
froh" haben unsere Katzen geschnurrt.
Unser Anmachspruch war: „Nimm mich jetzt auch
wenn ich stinke, denn sonst sag ich winke winke
und goodbye".
Hatten wir mal Ärger und wussten nicht weiter,
dann riefen wir: „Eins, zwei, Polizei".

Wir sangen Lieder wie Ba-da-ba-da-ba-be bop bop
bodda bope, Bop ba bodda bope,
oder welche, die keinen anderen Text hatten als
„Das Boot".
Auch bei „Up an down and up and down" waren
wir sofort dabei,
und waren wir betrunken, sangen wir: „I'm blue,
daba di daba dei."

Hierzu gingen wir bei jedem Hören im Radio so
richtig ab!
Sangen wir nicht dies, sangen wir „pump up the
jam, pump it up",
immer auf der Überholspur, „nono nononono
there's no limit", nur das kannten wir,
und das konnten wir ab, denn wir waren" beinhart
wie 'n Flaschbier".

Die Musik der 90er war unsere Aufklärung, wenn
es hieß „Don't talk, just kiss",
oder noch simpler ausgedrückt: "My, my, my, my,
U can't touch this".
Wenn wir flirten wollten, sagten wir einfach: „Wie
ein Bu-bu-bu-bu-boomerang, komm ich immer
wieder bei dir an", wie in Blümchens Song,
und die, die soweit nicht mehr denken konnten,
dachten nur: „A lalalala long, long li long long
long!"

Die Mädchen wollten das Barbie Girl sein, und
sangen: „Life in plastic, it's fantastic!"
Die Jungs hingegen sahen in sich eher den
„Mmmmister Boombastic".
Unser Motto war: „Verlieben, verloren, vergessen,
verzeihen!"
Außer bei Oli P., der uns mit seinen Flugzeugen im
Bauch zeigte, Rap kann ganz schön grausam sein!

Ließen wir uns in den 90ern dann tatsächlich mal
auf eine Beziehung ein,

dann war unser Motto: "Hit me baby, one more
time!"
Und wenn uns dann trotzdem mal jemand einen
richtig fiesen Korb gab,
entgegneten wir mit den Worten: „Quit playing
games with my heart, with my heart, with my
heart!".

In den 90ern, da war viel Liebe, wir wussten:
„Love is everywhere!"
Die Menschen wünschten sich mit den Worten
„Boom, boom, boom, boom, I want you in my
room" ihre Liebsten her.
Es war einfach klar, die Liebe, die kam in den
90ern nie zu kurz,
außer, da war der Wolf und das Lamm auf der
grünen Wiese und das Lamm schrie: „Hurz!"

Aber wir wussten, wenn wir fast am Heulen sind
und es nach Ärger riecht,
können wir uns sicher sein: Supa Richie kommt zu
uns gefliegt,
und dann können wir endlich wieder frohen Mutes
nach vorne schauen,
außer uns wurde die Sicht versperrt durch einen
Maschendraht-Zaun.

Wir waren damals voll Energie und schrien: „I got
the power!"
Wir waren schließlich getragen vom Wind of
change und dem Fall der Mauer!

Darauf tranken unsere Eltern 'nen eisgekühlten
Bommerlunder und machten mit 10 Jägermeistern
weiter,
und beschrieben ihren Gemütszustand danach nur
noch mit den Worten „Hyper, hyper".

In den 90ern, da sangen und tanzten wir und
hatten Spaß, aber das ist schon lang vorbei.
Wir haben den Schritt überwunden, zu sagen
„Time to say goodbye".
Hey 90er, "It must have been love, but it's over
now", but „I will always love you",
dich mit deinen Mmmmbops, dem jump jump und
dem whooo hoo.
Wir werden deine Lieder weiterspielen an jeder
Saturday Night,
und wenn wir sie hören, dann sei dir sicher, sind
wir voller Dankbarkeit.

Ausgestoßen

Er saß da, versuchte seinem Lehrer zu lauschen.
Mitschüler waren dabei sich über ihn auszutau-
schen.
Mit geflüsterten Beleidigungen gingen sie ihm auf
die Nerven,
während sie dabei waren, ihn mit Papierkügelchen
abzuwerfen.

Und doch wollte er gar nicht, dass der Unterricht
zu Ende geht,
weil er dann wieder allein all den anderen Schülern
gegenübersteht,
die ihn schubsen, ihn anpöbeln, seine Brille von
der Nase reißen,
ihn Spasti oder Trottel nennen, während er ihnen
sagt, er würde doch anders heißen.

In den Pausen da war er immer ganz allein,
fühlte sich nur sicher, konnte er in der Nähe der
beaufsichtigenden Lehrkraft sein.
Versuchte er mit jemanden Kontakt aufzunehmen,
hörte er oft genug nur „Hau ab",
und das obwohl er doch eigentlich niemandem je
irgendwas getan hat.

Er wusste, er ist wie er ist, doch anscheinend war es
genau das, was niemand wollte.
Wenn er etwas im Unterricht sagte, war es Häme
oder Spott, was über ihn rollte.

Fand er etwas witzig, wurde seine Lache stets
nachgemacht.
Dabei war es doch eh schon selten, dass er überhaupt noch lacht.

War er zu Hause, dann flossen oft die Tränen,
wenn er angab, sich nach ganz normalen Kontak-
ten zu sehnen.
Seine Mutter wusste nicht weiter, nahm ihn in
den Arm,
musste sich täglich anhören, wie grausam die
Mitschüler waren.

Doch zu Hause hörte sie nicht auf, diese Schikane,
drohende Nachrichten unter falschem Namen,
anonym wurden Seiten mit Fehlinformationen
konstruiert,
obwohl sich niemand beim Rangehen meldete,
hatte sein Handy vibriert.

Instagram-Seiten wurden von Mitschülern erstellt,
die zeigten gephotoshopte Bilder seiner Person.
Missbraucht wurden selbsterstellte Fotos, um Hass
zu säen und Gewalt anzudrohen.
Er wurde als Opfer beschimpft, es hieß nur:
Nimm dir `n` Strick,
was ihn emotional zerriss, das war für andere ein
Gefällt mir – Klick.

So oft sagte er, das Schlafen fällt schwer, weil er
Angst vorm nächsten Tage hat.

Er fragte sich, was für Grausamkeiten, finden da
wohl wieder statt?
Wird er verprügelt, oder sind es dann doch nur
Pöbeleien?
Waren es nur diese, konnte er ja schon glücklich
sein.

Er wurde gedemütigt, an den Pranger gestellt,
gefeiert wurde es, wenn er auf den Boden fällt.
Wie oft lag er schon hingeschubst am Boden?
Wie oft wurde ihm in den Bauch getreten, die
Brille verbogen?
Wie oft hat er geweint, weil die Schmerzen
unerträglich waren?
Und wie oft lachten ihn dann alle aus, während
sie es mit ansahen?

Wie oft flehte er mit den Worten „Bitte hört doch
auf"?
Und wie oft traten sie dann trotzdem noch auf ihn
drauf?
Wie oft lag er dann so erbärmlich, so hilflos vor
den andern,
sah seine Würde, jede Menschlichkeit nur so
dahinwandern?

Er hatte immer und immer wieder um Hilfe
gefleht,
von irgendwem, der um ihn herumsteht,
doch war trotzdem nie jemand wirklich für ihn da,
nie, wenn es für ihn doch am wichtigsten war.

Am Morgen hatte er oft Bauchschmerzen, die ihn
plagten.
Es waren jeden Morgen Sorgen und Ängste, die an
ihm nagten.
Er konnte sich gar nicht mehr auf den Unterricht
konzentrieren,
obwohl für ihn klar war, dass die Inhalte ihn interessieren.

Seine Mutter hatte ihn schon zu Therapeuten ge-
schleift,
war in ihm doch stets die depressive Verstimmung
gereift,
war er doch von Selbstbewusstsein mittlerweile
fern,
mochten sich doch seine Mitmenschen nicht um
seine Stärken scheren.

Irgendwann kamen sogar Aussagen wie „Ich
möchte nicht mehr leben,
mich nicht mehr diesen ständigen Angriffen
ergeben,
ich möchte doch nichts mehr als einfach einen
Freund!"
Das war etwas, von dem hatte er so sehnlichst
geträumt.

Das sagte er seiner Mutter, die es nicht zum ersten
Male hörte,
berichtete er ihr doch immer, was ihn belastete
und störte.

War sie es vielleicht zu sehr schon gewohnt, als
dass sie die Belastung wahrlich erkannte,
ihn ganz routiniert beruhigte, wenn er sich an sie
wandte.

Sie konnte ihm nie richtig helfen in seiner aus-
sichtslosen Situation,
mit den immerwährenden Erlebnissen, die zu
eskalieren drohen,
bei denen er wusste, wenn es drauf ankommt,
wird er ihnen immer allein gegenüberstehen,
und so hatte er gelernt, seine Probleme selbst in
die Hand zu nehmen.

Wieder und wieder gab es in der Schule Hänseleien,
dann einmal rannte er weinend ins Freie,
unter Lachen der Mitschüler und sich bestärkendes
in die Händegeklatsche in der letzten Reihe,
rannte zu einem unbeschrankten Bahnübergang
und hatte sich unter Tränen auf die Schienen
gelegt,
seine Mutter eine Stunde später mitgeteilt bekom-
men, dass ihr Sohn nicht mehr lebt.

Ihr Sohn, der letztlich nur 12 Jahre auf dieser Welt
erlebte,
nach nicht mehr als einem friedlichen Zusammen-
sein strebte,
dem es aber nicht vergönnt war, so wie er war,
akzeptiert zu sein.
So sehr sich seine Mutter kümmerte, er blieb letztlich im Herzen allein.

Auf seiner Beerdigung hatte sie unter Tränen ge-
sagt, sie wünsche ihm von Herzen seinen Frieden.
Sie hoffte darauf, dass möge da, wo er nun ist,
Anstand und Herzensliebe siegen.
Dass sich in seine kleine Seele niemals mehr etwas
wie Traurigkeit frisst.
Die Tatsache, dass ein Kind so leidet, dass es den
Tod als einzigen Ausweg sieht, zeigt, wie sehr eine
Gesellschaft gescheitert ist.

Es lebe der Sport

Schulsport ist ja ein Thema, wo sich die Spreu vom Weizen trennt! Für die einen das Beste an der ganzen Schulzeit, für die anderen ein lebenslanges Trauma!

Also, ich gehöre zur Gruppe TRAUMA!

Eigentlich fing es schon vor der Grundschulzeit an. Ich war ein ganz normales Kind, nicht dick und ein Junge und das hat für meine Eltern gereicht, um mich… selbstverständlich zum… Fußball anzumelden.

Ich hatte überhaupt kein Interesse daran und habe auch nicht richtig verstanden, warum ich mich in aller Herrgottsnamen mit einer Horde gleichaltriger Jungen um nur einen einzigen Ball streiten sollte und dann noch mit den Füßen.

Man wurde geschubst, getreten…. Für was soll das gut sein?

So habe ich vorgezogen, die anderen machen zu lassen und mich auf den Spielfeldrand zu konzentrieren, um Gänseblümchen zu pflücken. Damit war die Fußballkarriere schnell beendet.

Meine Eltern hätten es aber auch besser wissen müssen, beziehungsweise meine Mutter. Sie ist mit mir tapfer zum Mutter-Kind-Schwimmen gegangen

und war glaube ich ziemlich stolz und erleichtert, als ich dann mein Seepferdchen geschafft habe.
Ich war 14. Es gibt sogar ein Gruppenfoto auf dem man deutlich sieht, dass alle anderen kleiner waren als ich.
Auf jeden Fall begann mit 6 der Schulsport und das für mich scheinbar nicht enden wollende Martyrium.

Bereits in der Grundschule zeichnet sich ab, wer der König, eben der Ballack oder Ronaldo der Turnhalle ist. Ich auf jeden Fall nicht!

Ich fand es immer ungerecht. Zum Beispiel bei der Leichtathletik:
Da gibt es zwei verschiedene Listen, für Jungen und für Mädchen. Ich bin davon ausgegangen, das spielt keine Rolle. Wir sind doch alle gleich!

Also, die Kathi springt beim Weitsprung 3 Meter und kriegt ´ne 1 und ich springe auch 3 Meter und kriege ´ne 4.
Wie geht das denn? Da vergeht einem doch alles!

Da merkt man doch schon mit 6, dass mit der Gleichberechtigung etwas falsch läuft.
Besser wurde es später auch nicht.
Unser Sportlehrer, nennen wir ihn aus Sicherheitsgründen, Herrn Krause, war ein 2 Meter großer, muskelbepackter, ehemaliger Bundeswehrsoldat, den es auf dem zweiten Bildungsweg an unsere Schule verschlagen hat.

Er formte uns fürs Leben.
Hochmotiviert feuerte er uns auf seinem Fahrrad an, wenn wir bei 35 Grad durch den Wald joggen mussten. Immer ein forsches: „Nicht schlappmachen, Kameraden!" auf den Lippen.

Ich wohne ja an der Küste und da ist es doch klar, dass er auch versucht hat uns das Rudern bei zu bringen. Also im Februar, bei Windstärke 10 - er in kurzen Hosen, wir am Zittern. Vor Kälte und Angst! Die Boote nur am Wackeln!
Und er: „Optimale Wetterbedingungen zum Rudern!"

Übrigens wurde es mit der Gleichberechtigung später auch nicht besser.

Beim Schwimmen haben jede Woche zwischen 8 und 10 Mädchen auf der Bank gesessen. Der Grund: Sie hatten ihre Tage! Jede Woche!

Lange dachte ich: „Ach herrje, ist ja nicht so toll! Gut, dass ich damit nix zu tun hab." Aber irgendwann habe ich dann erkannt, dass es sich um eine medizinische Sensation in unserer Gegend handeln muss.

Übrigens weiß ich das nur, weil ich auch immer auf der Bank gesessen hab. Ich hatte ein Attest: Chlorallergie!!!

Mit Ende der Schulzeit endete auch der Sportunter-
richt:
Ich vermisse nicht den Geruch von Schweiß, Käse-
füßen und Hormonen in der Umkleidekabine!
Ich vermisse nicht, bei der Gruppenwahl immer der
Vorletzte gewesen zu sein. Der Letzte war der dicke
Jochen!
Ich vermisse nicht die Schmach, von den Mädchen
ignoriert worden zu sein, weil ich nicht so sportlich
war.

Und glauben Sie mir, trotzdem bin ich dem Sport
treu geblieben. Wie Sie sich sicherlich denken können mit der entsprechenden Ausrüstung (Bier, Chips
und Fernbedienung) komfortabel in meinem Sessel
vor meinem Fernseher! Erste Reihe eben!

Und nun schaue ich dieser Horde Gleichaltriger zu,
wie sie sich um einen Ball streiten - mit den Füßen!
Und ganz ehrlich? So macht mir Sport Spaß!

Der langsame Abschied

Dass du Dinge vergisst, das ist für mich normal.
Die verlorene Brille oder der vergessene Geburtstag, egal!
„Du Tüdeltante, du!“, sagte ich immer schmun-
zelnd und mit einem Grinsen im Gesicht,
hatte doch die Vergesslichkeit in deinem Leben nur
selten ein Gewicht.

Das aber, das ist so lang her.
Ein Grinsen oder Lächeln fallen mir heute manchmal schwer.
Manchmal erinnerst du dich nicht mehr an meinen
Namen, meine Stimme oder mein Hemd,
für dich bin ich dann nicht dein Enkel, sondern
fremd.

Ich merke, wie gut es dir tut, dass ich dir lausche,
gemeinsam mit dir durch deine Erinnerungen
rausche.
Ich habe Angst, dass du sie vergisst, unsere
gemeinsame Zeit,
mir das vorzustellen, bin ich einfach nicht bereit.

Ich unterbreche dich nicht,
lasse dir deine Sicht.
Bleib in deiner eigenen fantasiegeprägten Welt!
In der es dir zumindest meist so wunderbar gefällt!

An schlechten Tagen sind deine Geschichten
immer die gleichen.

Von Naturkatastrophen, der Nazizeit und den
vielen Leichen!
Es fällt mir dann schwer, der Starke von uns zu
sein.
Verzeih mir, mein Herz ist nicht aus Stein!

Ich bin überfordert und kann einfach nur neben
dir stehen.
Es fällt mir so schwer, dich weinen zu sehen.

Du hattest immer so große Angst davor, der
Vergessenheit zu erliegen.
Du wünschtest dir, du könntest vielleicht über sie
siegen.
Deine Hoffnung verschont zu bleiben war immer
da.
Heute weiß ich, dass sie vergebens war.

Mittlerweile verlässt du oft das Haus ohne Wieder-
kehr,
dich zu orientieren, fällt dir plötzlich unglaublich
schwer.
Über deine Hose sagst du, du hättest sie verlegt,
dabei bist du es, die sie bereits trägt.

Es ist nicht leicht zu sehen, wie dir einfache Dinge
nicht mehr gelingen,
und dich immer wieder zur Verzweiflung bringen.
Ich merke immer wieder, wie sehr mir dein altes
„Ich" fehlt,
aber ich kann mit dir hier sitzen, und das ist alles
was zählt.

Dein Text

Unvergessen, wie dein erster Herzschlag zu hören war,
du noch so weit in der Ferne, und doch irgendwie nah.
Dein Weg mit allen Hürden hatte längst begonnen,
mit jedem Tag war ein weiteres Stück deiner Persönlichkeit gewonnen.

Und zugleich bei mir die vielen Gedanken um dein Wohl,
stetige Obacht, die sich wie selbstverständlich befohl,
ständiges Fragen: „Wie wirst du aussehen, welchen Charakter trägst du in dir?",
so viel Unsicherheit, nur die sichere Deutung deiner als Wunschkind kannten wir.

„*Seufz* Wurde ja dann auch mal Zeit… So eine Schwangerschaft ist ja wie 100 Folgen GZSZ in einer Person.
Und es wird nicht besser, wenn alle jungen Paare in der Stadt Dessous kaufen und wir nebenan ins Sanitätshaus gehen, um deine Stützstrümpfe abzuholen.
Die Haare werden fettiger, die Krampfadern kommen, das Selbstbewusstsein sinkt, und sinkt. Es wird auch nicht besser, wenn selbst die Kassiererin im Netto, vor 5 Kunden, sagt: „Oh Mensch, Ihnen sieht man die Schwangerschaft im Gesicht aber auch an!"

Und dann denkt man nur: Bitte lass es endlich
enden! Und dann plötzlich bist du da."

So zerbrechlich liegst du nun da, so anrührend, so
klein,
und doch magst du für mich unweigerlich das
Größte sein.
Das größte Glück, Wunder seist du genannt,
der Kontakt mit dir eine Einheit wie nie zuvor ge-
kannt.

Dein Körper, der mir in jedem Detail unverwech-
selbar erscheint,
in deiner Optik wird jede nur denkbare Facette von
Schönheit vereint.
Jedes noch so steinige Herz erwärmt sich durch
deine Kleidung, stets auf niedlich getrimmt,
meist ein Schlafi verziert mit Wolken oder Hasen,
der dich mit ins Land der Träume nimmt.

„Das war ein schöner Moment. Mittlerweile läuft
es bei uns so: „Papaaa, ich will das Einhorn-Shirt!"
„Nein, es ist Winter, das ist zu kalt."
„Papaaaaa, iz iz, ich will das Einhorn-Shirt!"
„Ich habe Nein gesagt!"
„Papaaaaa, iiiiich willllll daaaaas Einhorn-Shirt!!!"
Und ich: „Ja, ok. Dann zieh das an.""

Deine Aura ist getrieben von herzerwärmender
Hilflosigkeit,
und dem ständigen Verlangen nach Nähe, das
keine Ignoranz verzeiht.

Du wirkst so schutzbedürftig, bist dich nicht
viel am Regen,
das Maximum ist ein so goldiges, tapsiges
Bewegen.

Mit deinen Kulleräugchen schaust du mich an,
mit einer Lieblichkeit, der ich mich nicht entziehen
kann.
In deinen Augen, da steckt so viel Leben,
nur ein Blick und schon möchte ich mich dir
ergeben.

„Wie niedlich du schauen kannst. Bis du die Barbie
aus dem Laden nicht mitnehmen darfst! Dann wird
aus diesem kleinen, süßen Wonneproppen plötzlich
ein Ungetüm, das die Zähne fletscht und trampelt!
 Wo die Leute um uns herum nur die Augen ver-
drehen und tuscheln: „Wir brauchen einen Exor-
zisten!“ Ich bin mir sicher, dass selbst der Exorzist
da nur schreit: „Ich kann da nichts mehr machen!“
Komisch, bei den Großeltern hast du immer den
Heiligenschein.“

Deine Haut so dünn und so zart,
aprikosig, mit Rotstich gepaart,
teils schrumpelig, mag noch so unperfekt erscheinen,
dein Duft so unbeschreiblich schön und fein.

Ein jedes Quengeln für andere befremdlich, für
mich eine Melodie,

deine Laute manchmal kaum wahrzunehmen, dann
plötzlich voll Energie.
Fühlst du dich unwohl, dann ist auch mein Wohl-
empfinden gestört.
Nichts wird von mir lieber, als jenes, dass alles mit
dir in Ordnung ist, gehört.

„Aber dann ist es 3 Uhr nachts. Du schreist - und
schreist und ich - stelle mich tot! Vielleicht kümmert sich meine Frau! Ich beuge mich vorsichtig
über sie und schaue, ob sie schläft. Schnell wieder
zurück. Tja, shite! Eine Flasche, eine neue Windel.
und Ruhe! Bis halb 4! Du schreist, und schreist -
und ich - stelle mich tot! Vielleicht kümmert sich
meine Frau! Ich beuge mich vorsichtig über sie und
schaue, ob sie schläft. Und schnell wieder zurück.
Tja, shite! Ich schaukle dich und laufe und laufe
und laufe und laufe und - laufe! Und Ruhe!!!
Beim Frühstück meine Frau: „Mensch, das war ja
mal eine ruhige Nacht.“"

Und dennoch: Jede kleine, seltsam anmutende
Atemsequenz deiner macht mich besorgt,
muss mich gewöhnen, dass dein noch so kleiner
Körper sich die eine oder andere Abnormalität
borgt.
Verzeih, dass ich mich dem manchmal nicht ver-
wehren kann, als ständiger Wächter zu fungieren,
und all deine noch so kleinsten Handlungen mit
ständigen Adleraugen zu fixieren.

Plötzlich nun, bin ich Wegweiser, gebe etwas vor.
Dein Lebensweg findet durch mich sein Tor.
Während mein Leben in dir endgültig seine
Bestimmung findet,
all mein Wissen weiterzugeben, dich zu leiten, ist,
was mich fortan am Leben bindet.

„Den ganzen Tag, 24 Stunden. Außer die Oma
ruft an und fragt, ob sie dich kurz nehmen soll.
Dann sag ich nur: „Najaaa, wenn du unbedingt
willst." Lege auf, zieh die Jacke an, setze die Mütze
auf und düse mit 100 durch die 30er-Zone. Zwei
Minuten später sind wir da!!"

Du bist und bleibst mein Ein und Alles, mein
schönstes Geschenk.
In dir habe ich nun etwas, an das ich in jeder freien
Minute denk'.
Ich freue mich, dich nun auf deinem Weg zu begleiten,
noch ist es Kapitel 1 von dem Buch deines Lebens
mit noch vielen Seiten.

Solange mir möglich, werde ich all die auf uns
wartenden Seiten gemeinsam mit dir füllen,
freue mich auf all die Entwicklungen, die sich in
den nächsten Jahren in deinem Leben enthüllen,
während du dir sicher sein kannst, dass da jemand
ist, der alles für dich gibt,
denn mein Schatz, sei dir sicher: Ich bin der, der
dich für immer -bedingungslos- liebt.

Mamas Smartphone

Unser sonst gutes Verhältnis hat sich ein wenig ver-
schnauft,
denn: Du hast dir dein erstes Smartphone gekauft!

Ich kam zu dir, richtete es dir ein und zeigte dir die
eine oder andere Funktion,
fuhr nach Hause, legte mich schlafen, und um zwei
Uhr nachts klingelte das Festnetztelefon.
Ich wachte auf, rannte so schnell ich konnte! „Was
ist los?“, war meine Frage,
und du: „Alles gut, ich wollte nur testen, ob ich
deine Nummer korrekt eingespeichert habe.“

Es dauerte nicht lang und du hattest WhatsApp
und seitdem kriege ich so viele Nachrichten, dass
ich den Überblick verlier.
Bereits bei deiner ersten Nachricht mit dem Wort-
laut „Hallo, ich Kamera jedes What Apple“, dachte
ich: „Läuft bei dir!“
Auch deine weiteren Nachrichten zeigten:
Du bist auf der falschen Spur,
und sie zeigten: Dein Endgegner heißt Auto-
korrektur!

Sorry Mama, dass ich mich einfach nicht an dein
Handy gewöhne,
aber deine Lautstärke ist auf die höchste Stufe eingestellt und noch schlimmer: Du nutzt Tastentöne!

Du schreibst mir ALLES was du gerade machst
und du schreibst selbst dann, wenn es am wenigsten passt,
wie „Ich wollte dir nur sagen, dass du dein Handy
bei mir vergessen hast.".

Dann kam der Tag, da hatten in einer Nachricht
zum ersten Mal Emojis drin gesteckt,
wo ich dachte: „Mama, hat eine 15-Jährige etwa
dein Handy gehackt?"
Aber nein, es warst du und fortan hat jede Nachricht mit mindestens 5 zusammenhangslosen
Emojis geendet,
und ich durfte lernen: Es ist einfach nicht cool,
wenn die eigene Mutter das Kackhaufen-Emoji
verwendet!

Ich weiß noch, wie du zum ersten Mal einer Gruppe zugefügt wurdest, es war für dich ein Graus,
ständig machte es „bing, bing, bing" und du
fragtest: „Wie komm ich da nur wieder raus?"
Mittlerweile erstellst du selbst ständig Gruppen,
erhältst sofort 20 Nachrichten und kannst es kaum
fassen,
jede der Nachrichten endet mit den Worten „hat
die Gruppe verlassen".

Du schickst mir mittlerweile auch Sprachmemos,
die beginnen mit „Wirklich nur ganz kurz mal
eben",

und dann steht neben der Nachricht eine Länge
von 9 Minuten 50 daneben.
Und wenn ich dir schreibe, dass ich mich schlecht
fühle, ja echt k.o.,
dann schreibst du mir: „Kopf hoch, Adrian, yolo!"

Es ist so, dass ich manchmal einfach nicht bei deinen Anrufen rangehen kann,
dann versuchst du es nochmal, schreibst drei Nachrichten, und rufst noch auf Festnetz an!
Mama, ehrlich: Manchmal möchte ich mein Handy
dann einfach nur zerstören,
während du am anderen Ende ganz gelassen sagst:
„Ach du, ich wollt nur mal eben so hören."

Kriegst du im Restaurant eine Nachricht, vibriert
der ganze Tisch,
kriegst du einen Anruf ertönt auf höchster Lauts-
tärkenstufe „How much is the fish?".
Dir egal, zeigst mir ganz ruhig deine verwackel-
ten Selfies mit Kommentaren wie „Guck mal, wie
schön deine Cousine da lacht!",
die ich dann betrachte und denke: „Hast du das
Selfie wirklich mit meiner Cousine oder doch eher
mit Mr. Bean gemacht?"

Ich will fair sein: Bin ich tatsächlich mal in großer
Not, ist dein Handy oft sogar mein Glück,
denn schreibe ich dir, kann ich sicher sein, du
schreibst IMMER sofort zurück.
Zum Beispiel frage ich, ob du mich abholen kannst,
wenn ich am Bahnhof steh,

und deine Reaktion dann: Online, online, schreibt,
online, offline, schreibt, online, schreibt - Ok!

Sie werden noch kommen, diese Momente, die
mich vor die Verzweiflung stellen und mich vielleicht auch frustrieren,
aber wir schaffen das, Mama, ich werde dich
deswegen nicht gleich blockieren.
Oder?

Es weihnachtet schwer

Weihnachtsklänge finden über das Radio den Weg
in Elisabeths Ohr.
Der Heilige Abend steht wieder kurz bevor.
Sie ist gerade dabei den Tisch zu decken, schaut
doch ihre Tochter dieses Jahr vorbei.
Wann weiß sie nicht, irgendwann morgen kommt
sie an gegen zwei oder drei.

Elisabeth freut sich schon seit Tagen auf ihr Erscheinen,
war es doch ihre größte Angst wieder an Weihnachten allein zu sein.
Wie es in den letzten Jahren nicht selten geschah,
als bei ihren Kindern und Enkeln keine Zeit für
sie war.

Auch in diesem Jahr hatte sie gehofft, auch ihre
anderen Kinder könnten sie besuchen.
Sie hoffte so auf ein gemütliches Beisammensein
bei Kaffee und Kuchen,
doch erhielt sie von diesen bereits Karten, deren
Front die Worte „Frohe Weihnachten" füllten,
und deren Inneres die Pläne fürs Weihnachtsfest
ohne ihre Einbindung enthüllten.

Sie hatte gegenüber ihren Kindern so oft ihre
Sehnsucht erwähnt,
ihre Empfindungen mitgeteilt, sich nie für Emotionen geschämt.

Doch wurde ihr Wunsch nach mehr Beachtung oft
nur zerschmettert,
ohne Einsicht stattdessen noch gegen das Verhal-
ten der Geschwister gewettert.

So hatte sie sich fortan immer drum bemüht, Ver-
ständnis zu geben,
sagte sich immer: Sie sind nun groß, haben ihr
eigenes Leben!
Sie wollte ja weiß Gott nicht ihre Lieben vergrellen,
gar riskieren, dass sie den Kontakt zu ihr einstellen.

Und doch machte es sie traurig, diese immer größer
werdende Einsamkeit,
dass einfach niemand da ist, der ihr seine Aufmerk-
samkeit leiht.
War's doch auch mal anders gewesen in früheren
Jahren,
als alle an Weihnachten noch beieinander waren.

Als sie dieses Gefühl von Familie an den Weih-
nachtstagen verspürte,
ein jeder noch gern Gespräche mit den jeweils
anderen führte.
Als sie für alle kochte und sie dort saßen, alle
waren sie immer gern gekommen.
Wenn sie wieder gingen, hatte sie stets Dankbarkeit
und Vorfreude auf ein Wiedersehen vernommen.

Doch diese Zeit, sie ist mittlerweile längst verstri-
chen.

Ihr Lebenspartner ist schon vor Jahren krankheits-
bedingt aus dem Leben gewichen.
Ihre Kinder sind alle weit weggezogen, physisch
nur selten zu sehen,
so dass sie mittlerweile zufrieden damit ist, wenigstens telefonisch in Kontakt zu stehen.

Ihr Wunsch, die früher selbstverständliche Ge-
meinsamkeit zu errichten, er ist nur vertan,
da Missverständnisse und Meinungsverschieden-
heiten immer mehr Platz einnahmen.
Die Jahre haben eben dazu geführt, dass sich alle
immer mehr entfremden,
sich höchstens noch irgendwelche Anstandsglück-
wünsche per WhatsApp senden.

Und so verbringt sie ihre Tage oft allein, strauchelt
in ihrem Garten.
Es sind keine Menschen um sie rum, nur Unkraut-
gewächse, die auf sie warten.
Ja der Garten, ihre Lebensaufgabe, wie sie ihn
nennt.
Trotz ihrer angehenden 80 kriegt sie ihn noch
allein gestemmt.

Nur fragt sie sich mittlerweile immer öfter, wie
lang ihr das alles wohl noch alleine gelingt,
sie mit dem stets zu hohen Blutdruck und dem
schwachen Herzen ihr Leben noch eigenständig
bezwingt,
ob nicht irgendwann nur das Pflegeheim bleibt,

einfach weil niemand dafür da ist, sie stets zu um-
sorgen,
sie dann auch noch ihren Garten verliert, vielleicht
sogar von heut auf morgen.

Doch blendet sie diese Fragen seit Tagen aus, zählt
zurzeit nur, dass ihre Tochter sie besucht.
Sie erzählt ihren Nachbarn schon seit Wochen, ihre
Tochter habe einen Flug von Wien nach Deutschland gebucht,
kommt morgen mit ihrem Freund und ihrem kleinen Sohn, Elisabeths kleinem Sonnenschein,
von dem sie wünschte, er könnte öfters in ihrer
Nähe sein.

Das Gästezimmer hat sie schon hergerichtet, sie
muss nur noch die Betten beziehen,
möchte alles schön machen, auch wenn es schon
mal leichter von der Hand zu gehen schien.
Alles ist eingekauft, das Lieblingsessen ihrer Tochter möchte sie morgen kochen.
Sie haben dann soviel zu bereden, haben sie doch
viel zu lang nicht mehr gesprochen.

Sie wollen alle zusammen in die Kirche, dem Weih-
nachtsgottesdienst lauschen,
sich bei der Bescherung über all die vielen Neuig-
keiten austauschen.
Daran denkt sie, legt währenddessen das Besteck
bereit, das Tischdecken ist dem Ende nah.
Das Radio ist schuld, dass sie erst zu spät merkt,
dass ihr Telefon am Läuten war.

Sie hört den Anrufbeantworter neugierig ab, es
spricht ihre Tochter Amelie,
die nur sagt: Den Flug musste sie streichen, denn
das Krankenhaus sei unterbesetzt, man brauche sie,
und weiter: „Liebe Mama, nächstes Jahr klappt es
ganz bestimmt, nur leider dieses Jahr nicht!"
Woraufhin ihr Enkel ruft: „Fröhliche Weihnachten
Oma, wir vermissen dich!"

Elisabeth schaut kurz ins Leere, trabt mit wackli-
gem Gang dann in das Wohnzimmer zurück.
Währenddessen weicht ihre vorige Euphorie Stück
für Stück.
Sie setzt sich auf einen der Stühle, starrt eine Zeit
lang auf das Gedeck,
entscheidet sich es wieder wegzuräumen, es hat ja
keinen Zweck.

Teller für Teller, Tasse für Tasse, sie räumt alles
wieder in den Schrank hinein,
während sie daran denkt, nun doch wieder am Hei-
ligen Abend allein zu sein,
dabei hatte sie sich so auf ein Wiedersehen mit
ihren Lieben gefreut,
und den Gedanken daran, dass es dazu nicht
kommt, stets gescheut.

Sie verstaut und verstaut und schaut auf Familien-
bilder, sie stehen in den Regalen gehäuft,
versucht's zu unterdrücken, doch gelingt's ihr nicht
zu verhindern, dass eine Träne die Wange runter
läuft.

Sie sagt sich: „Sollte ich nächstes Jahr noch leben, vielleicht findet sich dann ja wer, der mal vorbeischaut!“
Während sie im nächsten Moment feststellt, dass sie daran mittlerweile selbst nicht mehr glaubt.

Ich vermisse dich...

Heute ist wieder so ein Tag, an dem alles so ist wie immer, nichts Besonderes eben. Nur, dass du ihn nicht mit mir zusammen erlebst. Denn du bist nicht mehr da.

Wieder denke ich: Wie gern würde ich dich jetzt bei mir haben, ein wenig mit dir plaudern. Wie in alten Zeiten, weißt du?

Einfach noch einmal deine Stimme hören, wie sie mich fragt, wie es mir geht. Und dem Lauschen, wie du Geschichten erzählst, die uns beide zum Schmunzeln bringen und uns das Gefühl geben, alles sei in Ordnung.

Doch seitdem du uns verlassen hast, ist für mich gar nichts mehr in Ordnung.

Wie oft stehe ich nun vor deinem Haus und warte darauf, dass das Licht angeht oder du mir aus dem Fenster winkst und mich anlächelst. Doch jedes Warten ist vergebens! Wie oft wünsche ich mir, dass du es bist, wenn das Telefon klingelt. Doch deine Stimme ist für immer verstummt!

Was einmal so selbstverständlich war, ist plötzlich einfach so vorbei.

Manchmal, da träume ich noch von dir: Ich träume, wie wir uns begegnen, wie wir es früher ganz selbstverständlich taten. Ich rufe dir zu: „Endlich bist du wieder da!" Dann stehe ich auf und wieder wird mir klar, dass du nicht mehr wiederkommen wirst. Nie! Und dieses „Nie" ist eine verdammt lange Zeit!

Ich habe so oft diese Momente, in denen dein Verlust besonders schmerzt. In denen ich verzweifle, oder weine, oder in denen ich in den Himmel schaue und frage: „Warum kannst du nicht einfach wieder zurückkommen? Warum kann nicht einfach wieder alles so sein, wie es mal war?"

Wenn ich mit anderen darüber spreche, wie es mir ohne dich geht, dann klopfen sie mir oft auf die Schulter und sagen: „Es wird schon wieder! Das Leben geht weiter!" Und so oft denk ich mir: „Wie soll es weitergehen, wenn der wichtigste Mensch in meinem Leben fehlt? Und ich ihn nie wiedersehe?" Ich will doch gar nicht, dass es ohne dich weitergeht!

Mittlerweile habe ich Angst, Angst vor der Zeit, die kommt. Ohne dich. Ohne das WIR.

Damals noch hatte ich immer so große Angst um dich! Und Angst davor, einmal ohne dich zu sein. Nun, wo du nicht mehr da bist, merke ich, dass alles so anders geworden ist. Alles erscheint ohne dich so sinnlos.

Wie soll ich mich zum Beispiel an meinem Geburtstag erfreuen und feiern, wenn du nicht mehr dabei bist? Wenn der Stuhl, auf dem du immer saßt, plötzlich leer ist und ich jede verdammte Sekunde nur denke: Du sollst da wieder sitzen! Du sollst einfach bei uns sein!

Wie soll ich mich über irgendetwas freuen, wenn ich nicht mehr sehen kann, wie du dich mit mir freust? Du warst doch immer so stolz auf mich! Hast mich bestärkt! Wo sind nur die Momente, die uns das Gefühl gaben, es würde alles immer so bleiben, wie es ist. Momente, in denen nur wir zählten und in denen wir nicht den Hauch einer Sekunde nur an etwas wie den Tod dachten.

Wir hätten einfach noch so viel erleben können, und so viele Gespräche führen können! Ich hätte dich noch so oft gebraucht: Deinen Rat, dein Lachen, einfach, dass du für mich da bist!

Du bist nun umgezogen, an einen Ort, der die Wärme und die Harmonie vermissen lässt, die du immerzu versprühtest. Der voll ist von Kälte und Trauer. Manchmal besuche ich dich. Dann betrachte ich den Stein, der dein Grab ziert und schüttle den Kopf und denke: „Das soll alles sein, was an dich erinnert? Ein Stein? Das ist so seltsam."

Ich stelle mir oft vor, wie Menschen einfach so an deinem Grab vorüber gehen. Und keiner, keiner von ihnen weiß, wer du warst! Was für ein besonderer Mensch, was für ein liebevoller und herzlicher Mensch! Und diese Vorstellung schmerzt!

Genauso wie die Tatsache, dass ich nicht die Möglichkeit hatte, mich von dir zu verabschieden. Ich hätte dich so gern in deinen letzten Minuten begleitet! Wäre so gern bis zum Schluss bei dir gewesen! Ich hätte dir doch noch so viel zu sagen gehabt.

Wie oft spreche ich nun zu dir und sage dir, wie sehr du hier fehlst und frage mich jedes Mal, ob es dich überhaupt erreicht. Es ist ein Scheißgefühl, nicht zu wissen, wo du bist und ob du mich hörst.

Und so kann ich nur hoffen, dass du mich nun erhörst, wenn ich dir sage, dass ich mir nichts sehnlicher wünsche, als dich irgendwann noch einmal wiederzusehen, dich in den Arm zu nehmen und dir zu sagen, was ich dir rückblickend viel zu selten gesagt habe: Ich hab' dich gern.

Emotionen im Wandel

Ich sage Ihnen, wenn ich mir wirklich über meine Emotionen Gedanken mache, werde ich verrückt. Darum mache ich das oft gar nicht. Die Zukunft macht ja sowieso, was sie will!
Kennen Sie doch auch: Was sie heute noch gut finden, darüber denken Sie manchmal in ein paar Tagen oder erst Jahren ganz anders. Hoffentlich nicht bei Ihrem Partner!?
Als Kind wollte ich Tierarzt werden! Was ist aus mir geworden?
Bin ja mal gespannt, wie es bei meinen Kindern wird. Unsere Kinder sollen es ja immer „besser" haben.
Jetzt reicht es, wenn ich die Hände vor die Augen mache und „Kuckuck" rufe. Da sind sie glücklich.
Bin gespannt, wie das in ein paar Jahren ankommt! Wenn sie mit ihrem ersten Freund zur Tür reinkommen: „Kuckuck"!
Die Zukunft ist unberechenbar!!!
Dass ich überhaupt schon über sowas nachdenke! Bescheuert! Noch sitze mit meinen zwei kleinen Mitarbeiterinnen, mit denen ich eine Großbäckerei für Sandspezialitäten eröffnet habe, im Sandkasten und singe Rolf Zuckowski-Lieder. Nicht schön, eher einprägsam! Ohrwürmer für die Ewigkeit *seufz*!
Dann spiele ich mit ihnen Ball. Von 10 Bällen fangen sie 5! Aber sind trotzdem glücklich - und schon jetzt besser, als ich es je im Fangen war!

Sie leben einfach! Machen sich keine Gedanken um die Zukunft, in ihrer Welt gibt es: Spielen, Hunger, Pipi, Schlafen (obwohl sie ja niiiiieee müde sind) und Lachen! Sie sind, wie sie sind und genügen sich so!

Unbeschwertheit! Die hatte ich auch mal! Bei der Hochzeit meiner Tante! Alle waren super angezogen. Die Frauen in tollen Kleidern, die Männer in tollen Anzügen und Krawatte. Und klein Adrian mittendrin - im Ernie und Bert-Pullover und Gummistiefeln! Mega stolz und trotz Zahnlücke das schönste Lachen von allen! Weil ehrlich und unverkrampft! Was andere denken, pfft! Hat mich nicht interessiert! Und so muss das auch sein!

Gut, dass mich meine Eltern gelassen haben! Selbst bei den Kleinen will einem ja schon jeder reinquatschen!

Am ersten Geburtstag meiner ersten Tochter spielt sie mit Autos. Panik in den Augen der Verwandtschaft: „Macht die das immer? " Und ich sage nur: „Nein, sonst fährt sie Trecker oder verkleidet sich als Pirat!" Und schon warte ich nur auf die Visitenkarte von einem Chirurgen für eine Geschlechtsumwandlung!

Am zweiten Geburtstag spricht Tochter 2 noch nicht viel. Wieder Panik! „Müsste sie es nicht schon besser können? Wollt ihr nicht mal zum Logopäden?" Und das von Leuten, die gehen NACH Karstadt und sabbeln von „Lisa ihr Bruder"!

Über das Töpfchenproblem brauchen wir erst gar nicht zu reden! Ein riesen Thema in den ersten Jahren, als wenn es später irgendwen interessieren würde, wann die kleinen Scheißer das Klo für sich entdeckt haben. Und man beim Vorstellungsgespräch sitzt und gesagt wird: „Sie kriegen den Job, sie waren von allen Bewerbern am schnellsten trocken!"

Ich finde meine Kinder toll und lasse mich trotzdem verunsichern! Das nervt! Kann ich einfach nicht gebrauchen, weil ich schon verunsichert genug bin! Mittlerweile ist doch nichts mehr einfach! Es gab mal Mann und Frau. Das war vielleicht auch nicht ausreichend, aber ich hab' mal gegoogelt, wie viele Gender es gibt. Anscheinend sind mittlerweile mindestens 60 Gender üblich und anerkannt und gefühlt werden es täglich mehr! Da bin ich echt überfordert! Mir fehlen im wahrsten Sinne die Worte! Damit ich noch klarkomme, habe ich nur noch die Rubrik „Mensch". Wobei: Heißt das dann Mensch (in)? Man will ja keinen vergessen! Aber wie soll das gehen? Dafür gibt es mittlerweile ja Gendersternchen, Unterstrich und Doppelpunkt als neuen schriftlichen Geschlechtsausdruck. Puh, gut, dass ich kein Diktat mehr schreiben muss.

Immer neue Herausforderungen! Die Welt steht nie still! Ehrlich, wir haben doch gerade krasse Jahre hinter uns. Epidemie, Krieg, Klimawandel, fast keine Heizung, kein Benzin, Merkel, Söder, Lauterbach und Scholz (nicht verwandt und nicht verschwägert). Aber wir leben noch! Da muss man mal kurz innehalten!

Aber das tun wir nicht. Wir springen von Problem zu Problem - und finden keine Lösungen! Und sind frustriert!

Wäre es nicht schön, wenn einfach alle wieder durchatmen würden? Wir nicht alles hinterfragten? Wenn wir wieder genug Selbstvertrauen hätten, um uns eine eigene Meinung zu bilden und uns nicht die Angst vor dem Untergang lähmte.

Uns nicht nur leiten zu lassen, am besten noch von irgendwelchen schmalspurigen Influencern, die uns Cremes für 120 € anpreisen wollen, mit 30 % Rabattcode. Obwohl die für 2,50 € von Rossmann viel besser ist!

Vielleicht kommen wir ja zu dem Schluss, dass wir gar keine Creme brauchen - und keine Influencer! Aber vielleicht auch keine Ratschläge und kein schlechtes Gewissen! Weil wir so, wie wir sind, einfach mal reichen!
Man darf ja wohl mal träumen!

„Emotionen machen uns zu dem,
was wir sind... jeden Tag.
Mal gut, mal schlecht, aber es
sind immer unsere."

Theresa Sperling – Sezierung

Theresa Sperling präsentiert in ihrem ersten Sammelband alle 33 lyrischen Slamtexte aus 2014–2024. Jeder ihrer Texte hat ein eigenes Vorwort zur Entstehungsgeschichte sowie Anmerkungen zu Performance und Wirkung des Stücks. Stürzt euch in zehn Jahre künstlerisches Schaffen der zweifachen deutschsprachigen Meisterin im Poetry Slam.

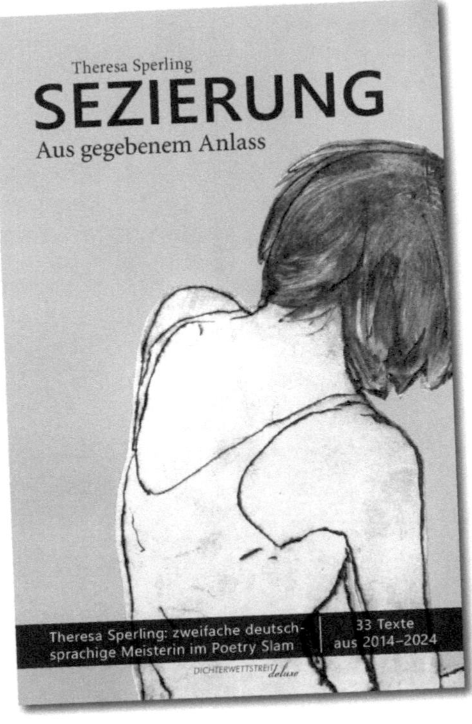

Textsammlung der zweifachen deutschsprachigen Meisterin im Poetry Slam

Sezierung
16,00 EUR (DE) | www.dichterwettstreit-deluxe.de

ISBN: 978-3-98809-015-7

Marecel Ifland – Makaken und andere Katastrophen

Marcel Ifland war Veteran aus 11 Jahren Internetsatire bei Stupidedia.org und ist gestählt aus hunderten Abenden auf Kleinkunstbühnen. Er lebt und schreibt in einer Welt aus Freundschaftsgefälligkeiten, Roadtrips, Nachbarschaftsstreits und ausnehmend höflichen Auftragsmördern:
40 Texte für 40 Lebensplagen.

Ein Sammelband aus dem Affenhaus namens „Leben"

Makaken und ...   ISBN: 978-3-98809-011-9
16,00 EUR (DE) | www.dichterwettstreit-deluxe.de